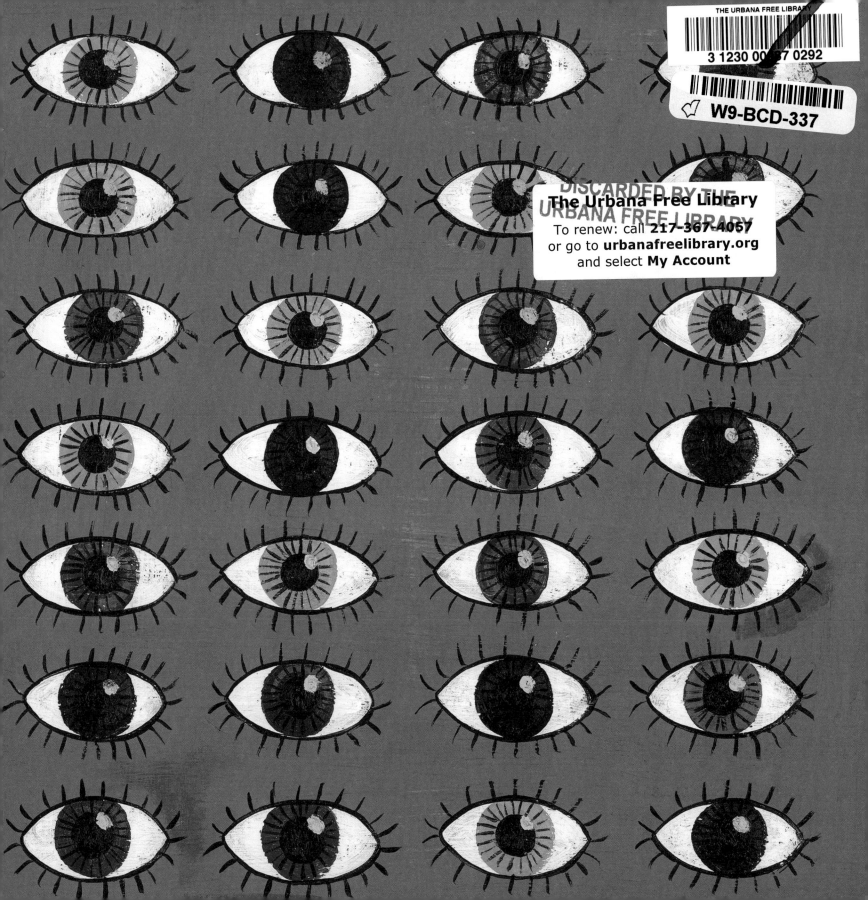

Para Gouto

C.M.A.

Para Joana

A.L.

Puedes consultar nuestro catálogo en
www.picarona.net

NO QUIERO LLEVAR GAFAS
Texto: *Carla Maia de Almeida*
Ilustraciones: *André Letria*

1.ª edición: octubre de 2019

Título original: *Não quero usar o'culos*

Traducción: *Manuel Manzano*
Maquetación: *Montse Martín*
Corrección: *Sara Moreno*

Edita: Picarona, sello infantil de Ediciones Obelisco, S.L.
Collita, 23-25. Pol. Ind. Molí de la Bastida
08191 Rubí - Barcelona
Tel. 93 309 85 25 - Fax 93 309 85 23
E-mail: picarona@picarona.net

ISBN: 978-84-9145-298-0
Depósito Legal: B-16.331-2019

Impreso por SAGRAFIC
Passatge Carsí, 6
08025 - Barcelona

Printed in Spain

NO QUIERO LLEVAR GAFAS

Texto: **Carla Maia de Almeida** ● Ilustraciones: **André Letria**

 Picarona

Ayer me enteré de una cosa:
voy a tener que llevar gafas.

Es que lo dijo mamá.
Yo siempre le hago caso,
pero esta vez no quiero.
¡No quiero llevar gafas!

Mamá me ha llevado a un médico con un nombre largo:
O-F-T-A-L-M-Ó-L-O-G-O
Me dijo que me sentara en una silla que subía
y bajaba como un ascensor.
Me puso unas gafas muy extrañas y pesadas,
y ahí ya no me gustó nada.
Me sentía como una mosca gigante.
Después me hizo decir el nombre de las letras.
Y yo las sabía todas, claro. Todas, menos las más pequeñitas.
¿Cómo podía responder bien si no las veía?
Creo que no es justo.
—Vas a tener que llevar gafas —me dijo al final.
¡Me dio un buen susto! No quiero parecer una mosca.
—No te preocupes. —Se rio al ver mi cara—. No serán unas gafas
como las que te has puesto aquí.

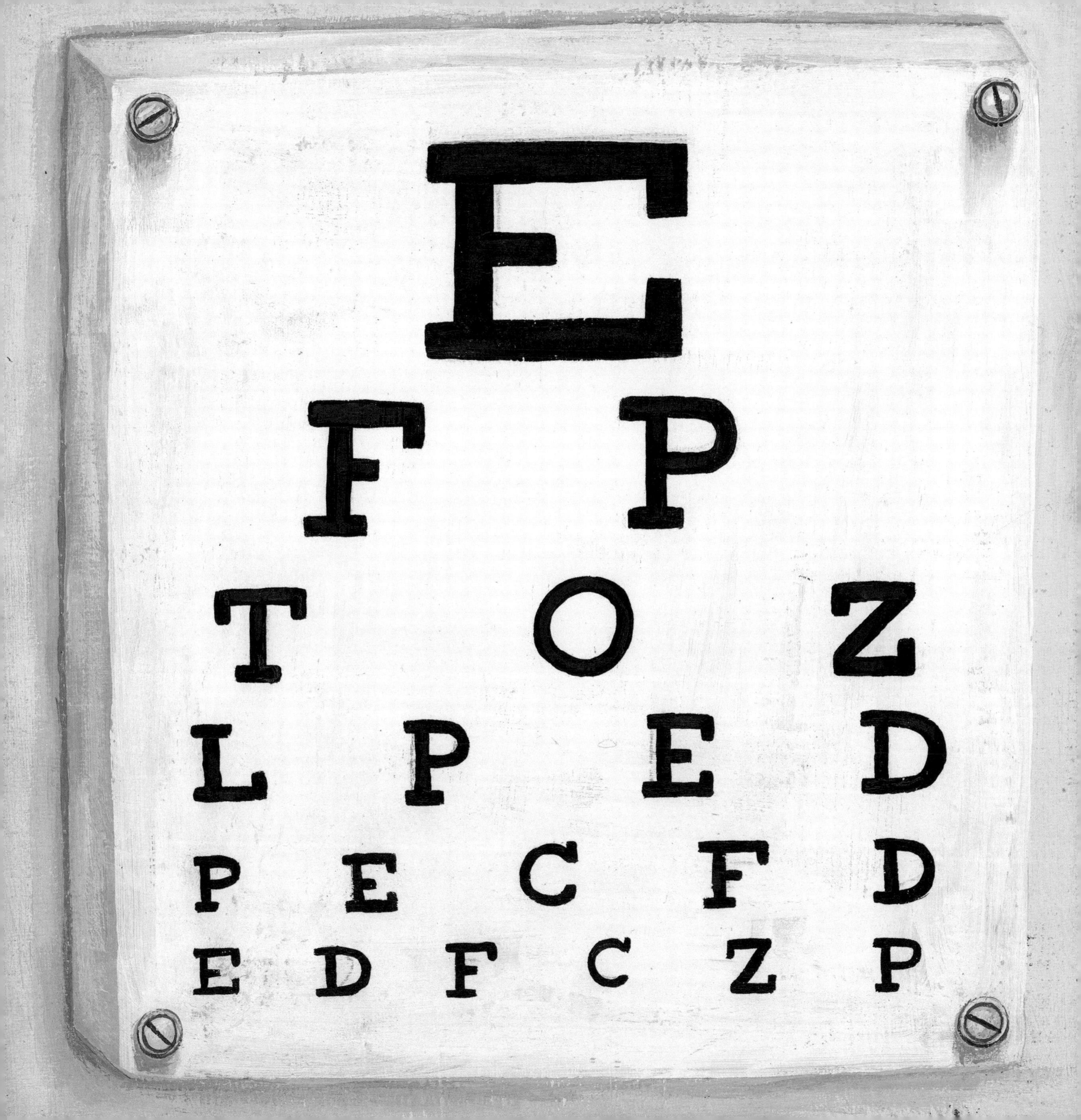
E
F P
T O Z
L P E D
P E C F D
E D F C Z P

Ahora estoy a la espera de mis gafas nuevas,
imaginándome cómo serán.
Quiero unas gafas especiales, diferentes a las de todo el mundo...

Unas gafas para jugar al balón con mis amigos,
porque un día me convertiré en el mejor portero.

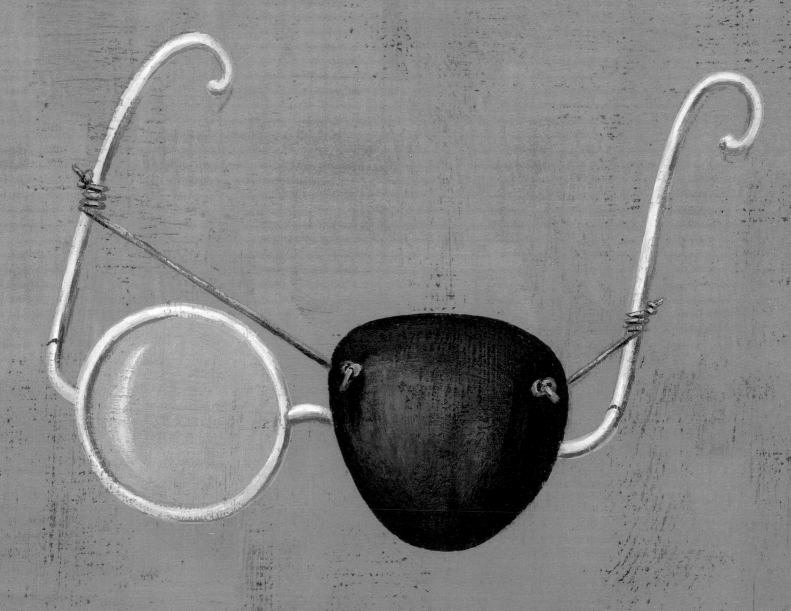

Pero antes de convertirme en el mejor portero,
quiero ser un terrible pirata.

Incluso puede que sea el primer pirata con gafas.

Estaría bien tener unas gafas para la lluvia.

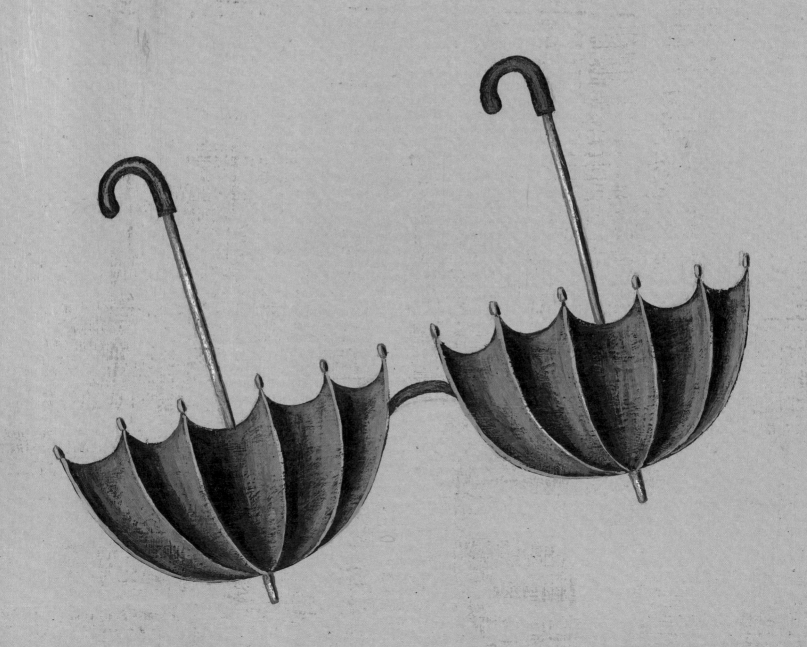

Y unas gafas que me dejaran ver en la oscuridad,
allí donde se esconden los monstruos.

A veces, miro por la ventana de mi habitación y no me gusta lo que veo.
Con mis gafas especiales, podría ver más árboles a mi alrededor...

... y también podría ver el mar delante de mi casa.

Quiero unas gafas para ver muy lejos.

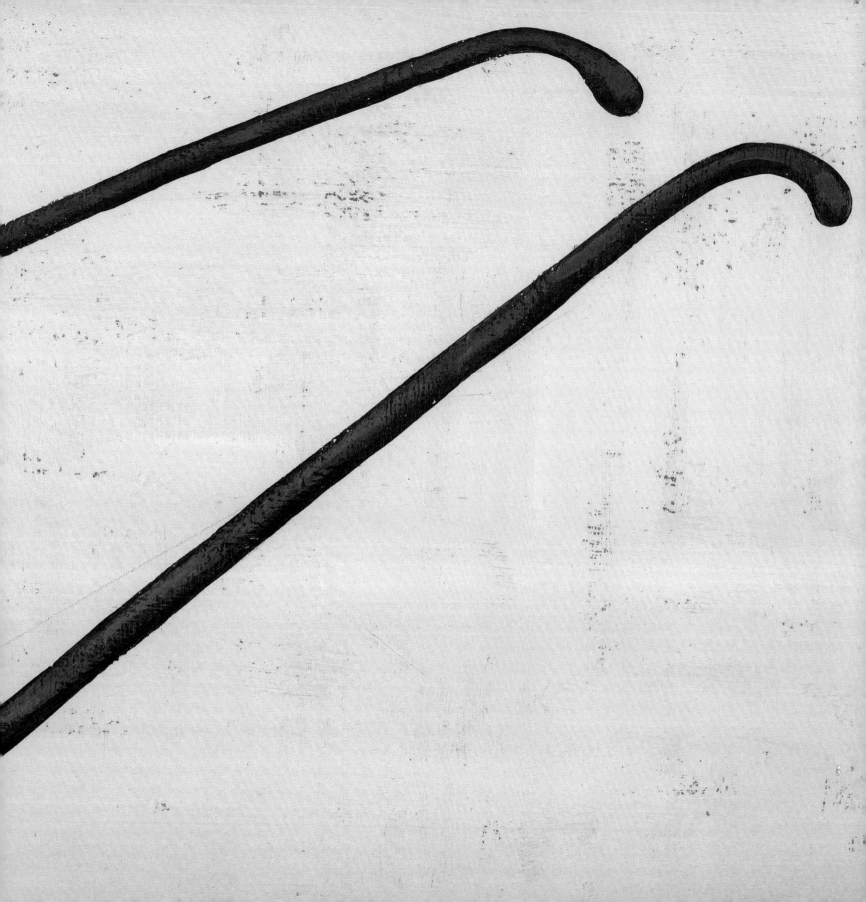

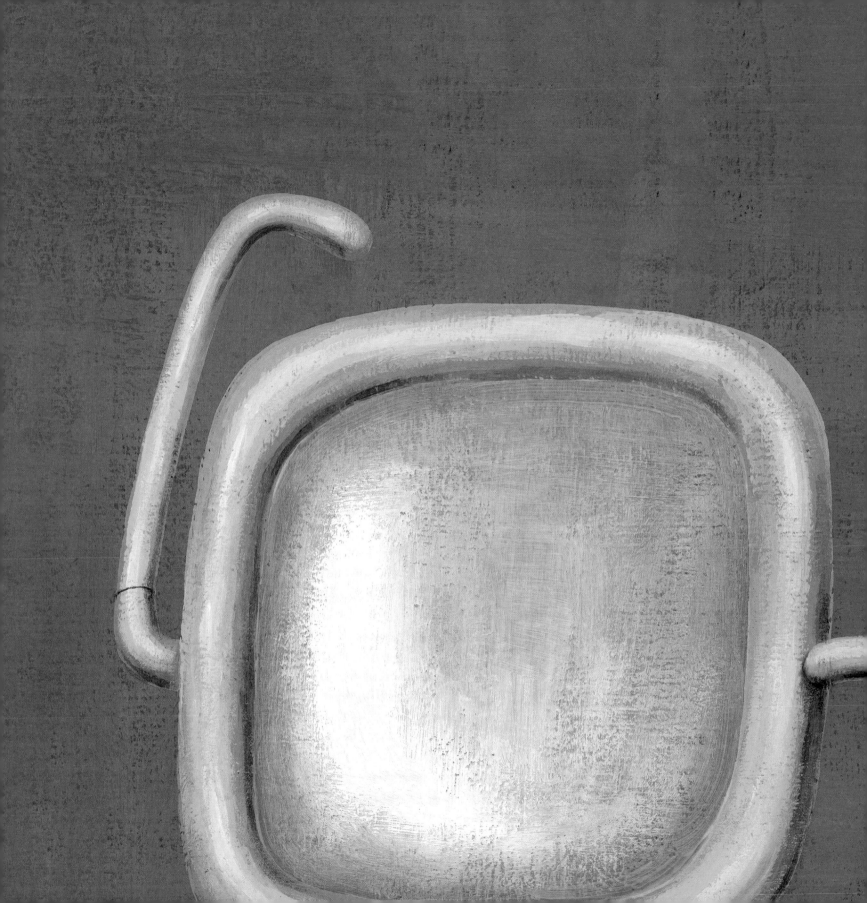

Y quiero unas gafas para verlo todo muy grande, porque a veces me dicen que soy demasiado pequeño para entender ciertas cosas.

A veces me siento triste, otras me siento contento.
Otras, no estoy seguro.
Cuando necesito quedarme solo con mis pensamientos,
mis gafas mágicas hacen que parezca que estoy allí.

Y así yo puedo irme a mi lugar secreto, donde me siento mejor.

Me imagino lo bueno que sería tener unas gafas
que me hicieran invisible.

Para todos esos días en que me apetece mirar hacia adentro.

Quiero unas gafas para soñar despierto durante el día.

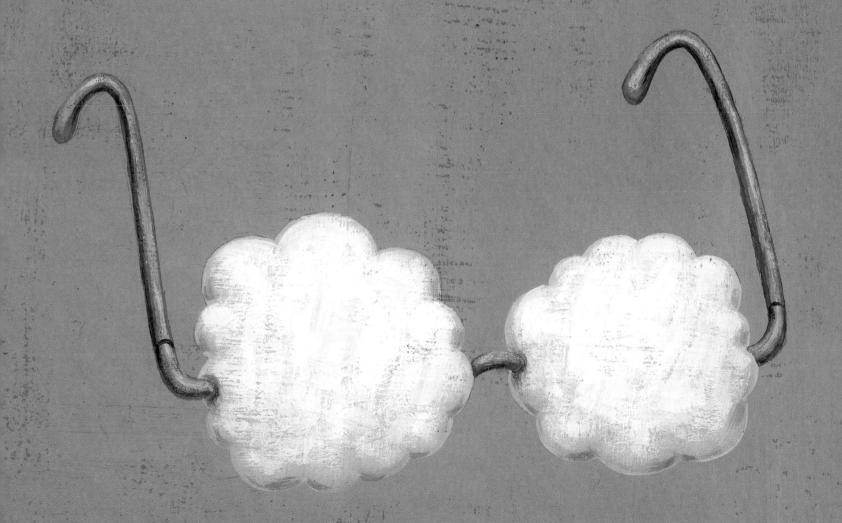

Y otras para soñar de noche, cuando no quiero estar solito.

Creo que siempre hay dos o más maneras de ver la misma cosa.
Sin que eso signifique ver al revés.

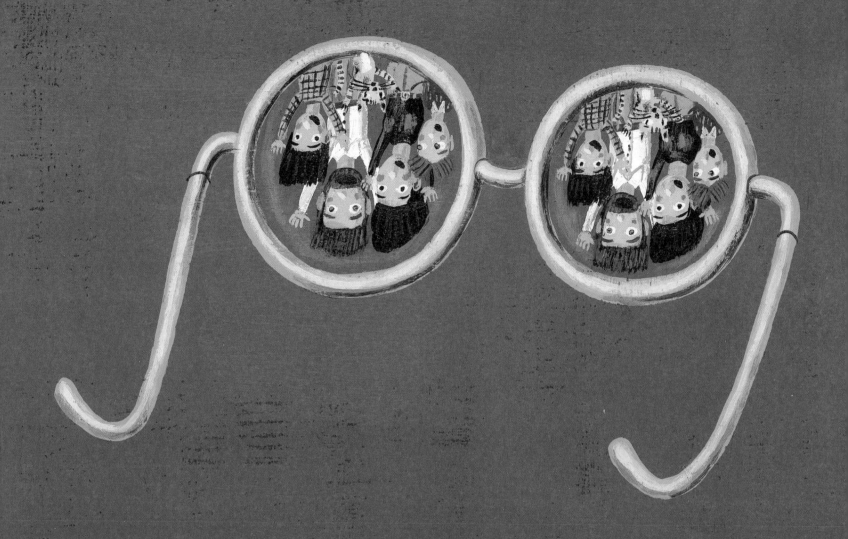

¡Pero ver al revés, a veces, también es divertido!

Mis gafas nuevas ya han llegado.
No se parecen en nada a las que había imaginado.

Pero no están mal, ¿sabes por qué?
Porque con ellas puedo ver mejor todas las cosas de las que he hablado.
Y al verlas tan cerca, también me siento más cerca de ellas.

¿Cómo podía mirarte así, si mis gafas no fueran especiales?

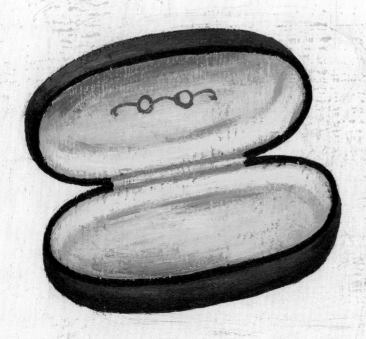

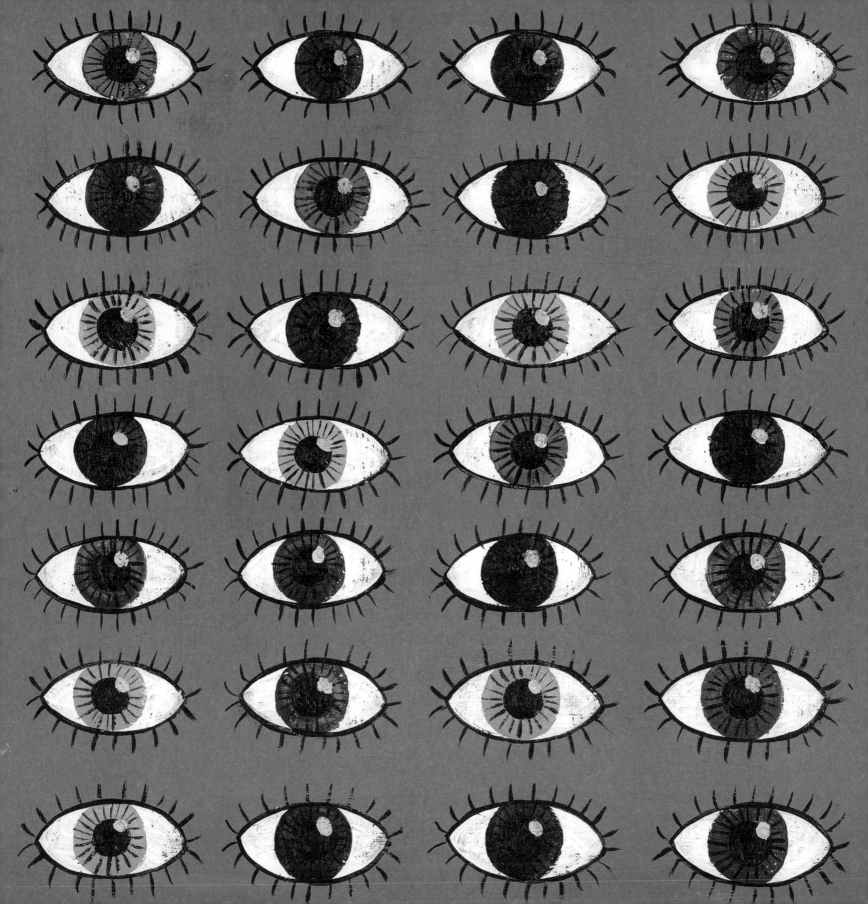